## Los ciclos de vida

# Las ranas

Maria Koran

EYEDISCOVER

Ve a **www.eyediscover.com**
e ingresa el código único
de este libro.

**CÓDIGO DEL LIBRO**

**AVC73799**

**EYEDISCOVER** te trae libros
mejorados por multimedia que
apoyan el aprendizaje activo.

Published by AV² by Weigl
350 5th Avenue, 59th Floor  New York, NY  10118
Website:  www.eyediscover.com

Copyright ©2019 AV² by Weigl
All rights reserved. No part of this publication may be
reproduced, stored in a retrieval system, or transmitted
in any form or by any means, electronic, mechanical,
photocopying, recording, or otherwise, without the
prior written permission of the publisher.

Library of Congress Control Number: 2018942795

ISBN 978-1-4896-8221-5 (hardcover)

Printed in the United States of America
in Brainerd, Minnesota
1 2 3 4 5 6 7 8 9 0  22 21 20 19 18

052018
011618

English Editor: Katie Gillespie
Spanish Editor: Ana María Vidal
Designer: Mandy Christiansen
Spanish/English Translator: Translation Services USA

Weigl acknowledges iStock, Shutterstock, and Getty
as the primary image suppliers for this title.

EYEDISCOVER proporciona contenido enriquecido, optimizado para el uso en tabletas, que
complementa este libro. Los libros de EYEDISCOVER se esfuerzan por crear un aprendizaje
inspirado e involucrar a las mentes jóvenes en una experiencia de aprendizaje total.

**Mira**
El contenido de video da
vida a cada página.

**Navega**
Las miniaturas simplifican
la navegación.

**Lee**
Sigue el texto
en la pantalla.

**Escucha**
Escucha cada página
leída en voz alta.

## Tu EYEDISCOVER con Seguimiento de Lectura Óptico cobra vida con...

**Audio**
Escucha todo el libro
leído en voz alta.

**Video**
Los videos de alta resolución
convierten cada hoja en un
seguimiento de lectura óptico.

**OPTIMIZADO PARA**

✓ **TABLETAS**

✓ **PIZARRAS ELECTRÓNICAS**

✓ **COMPUTADORES**

✓ **¡Y MUCHO MÁS!**

# Los ciclos de vida
# Las ranas

En este libro, aprenderás sobre

- cómo me veo
- dónde vivo
- qué hago

¡y mucho más!

Las etapas que atraviesa un ser vivo durante su vida se llaman ciclo de vida. Exploremos el ciclo de vida de una rana.

5

6

Las ranas salen de huevos cuando nacen. Esto sucede en el agua.

Las ranas bebé parecen peces cuando nacen. Se llaman renacuajos.

9

**10**

Los renacuajos se vuelven ranitas después de aproximadamente 10 semanas. A las ranitas les crecen piernas y comienzan a perder su cola.

Las ranitas pueden salir del agua después de 12 semanas. Ahora tienen pulmones para respirar aire.

13

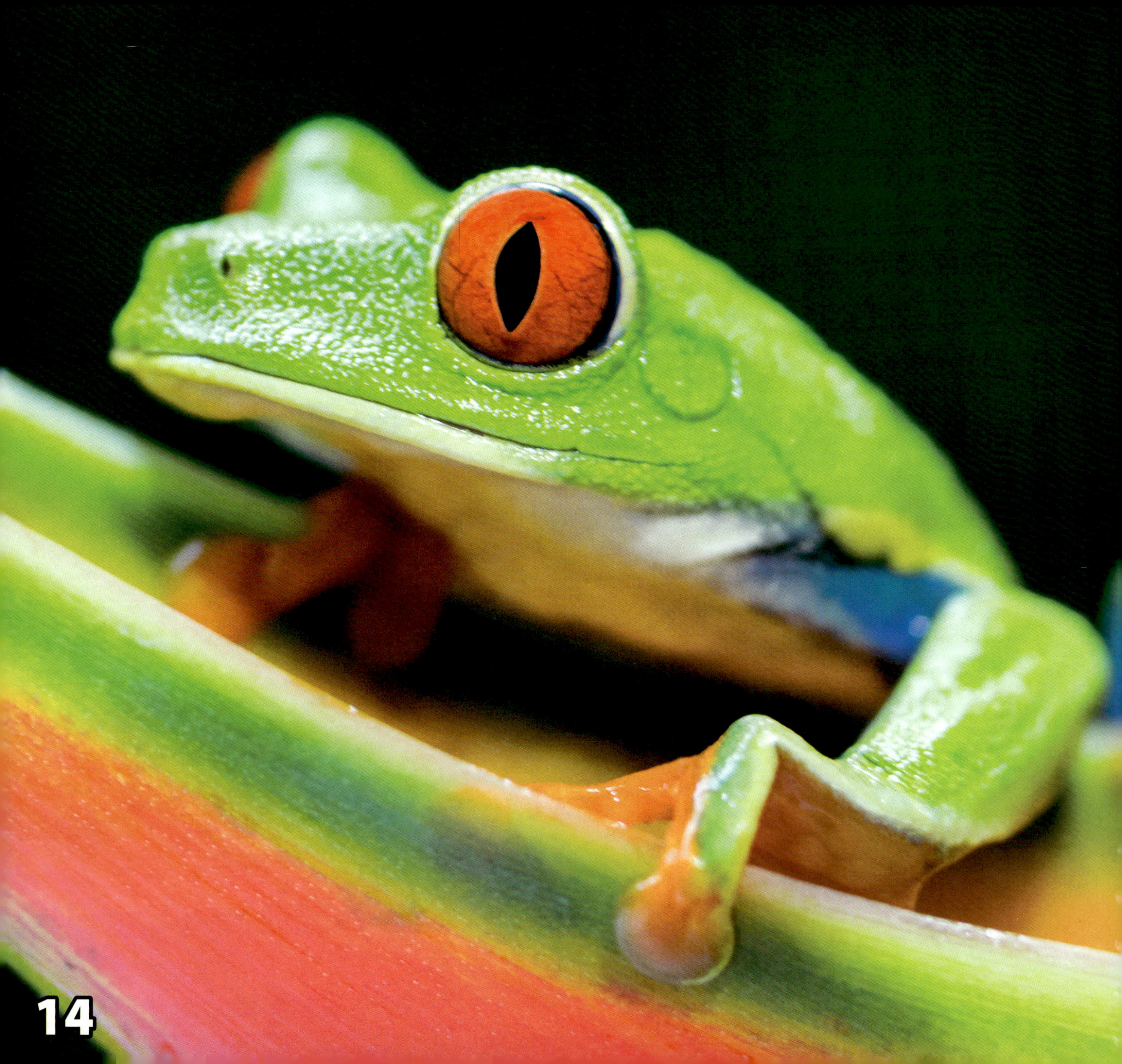

Las ranas han crecido por completo a las 16 semanas.
Ahora están listas para hacer más ranas.

Un grupo de huevos se llama huevos de rana. La mayoría de huevos de rana están cubiertos de gelatina clara.

17

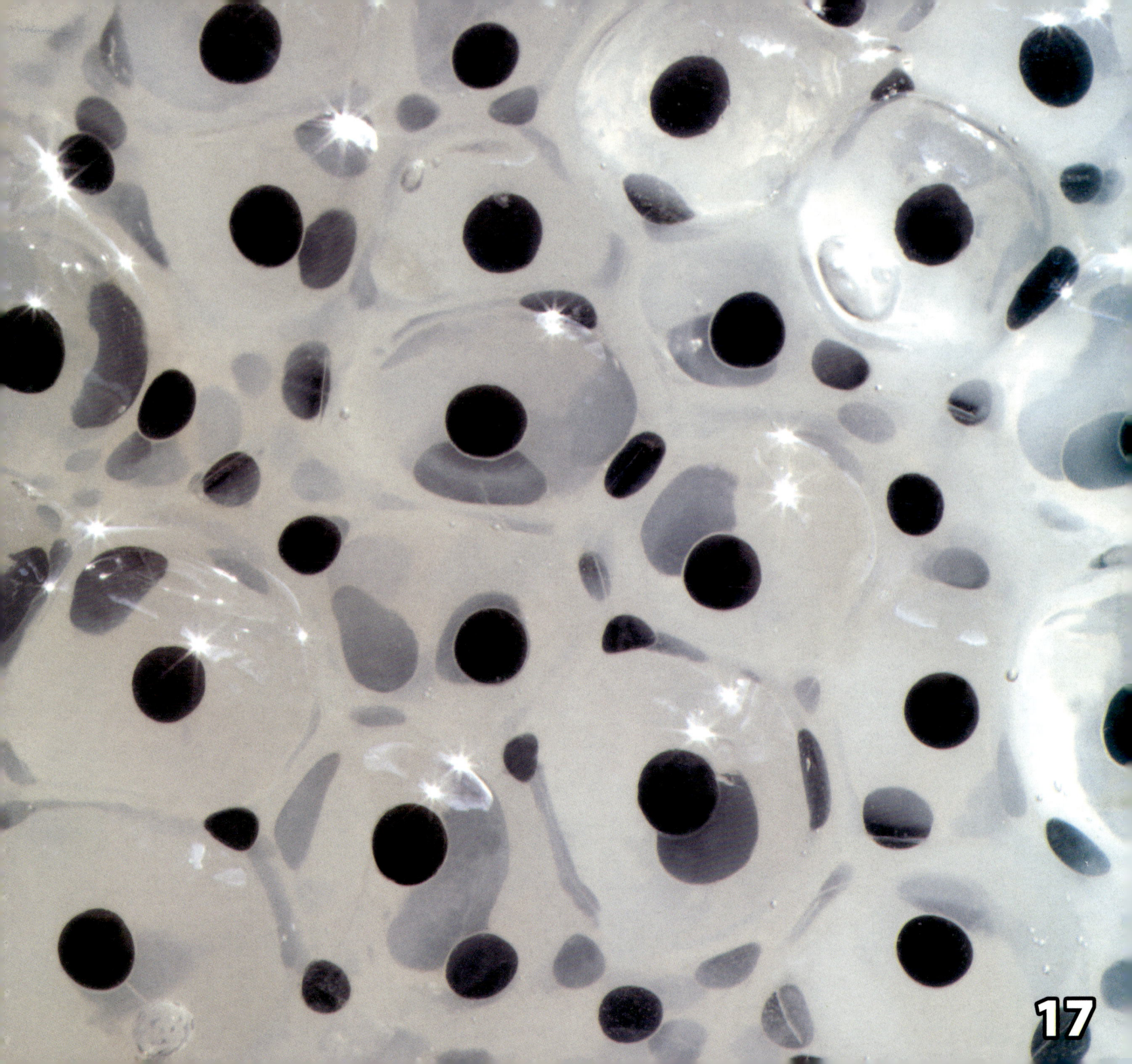

18

Las ranas vienen en muchos colores y tamaños. El color y el tamaño de una rana proviene de sus padres.

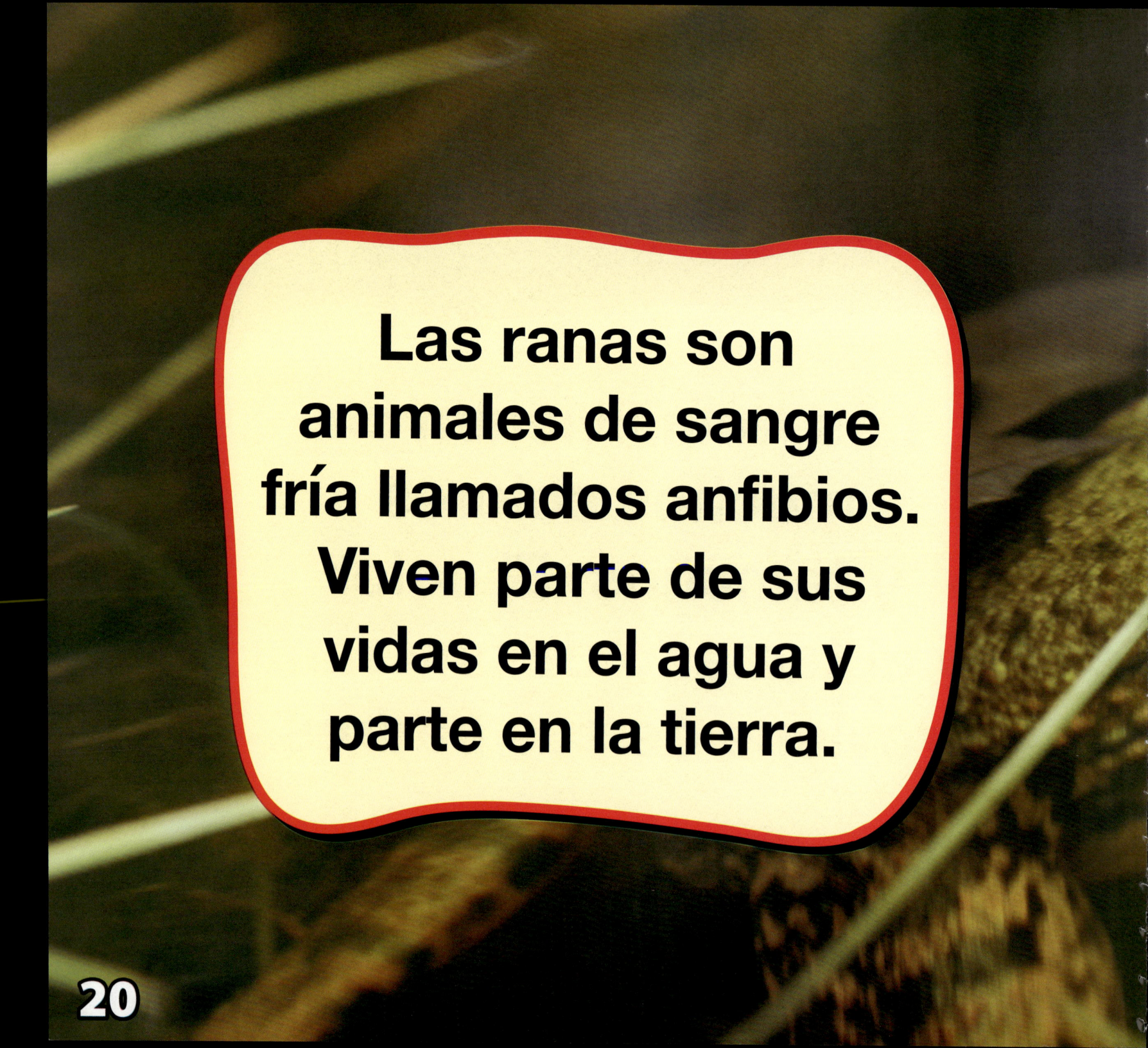

Las ranas son animales de sangre fría llamados anfibios. Viven parte de sus vidas en el agua y parte en la tierra.

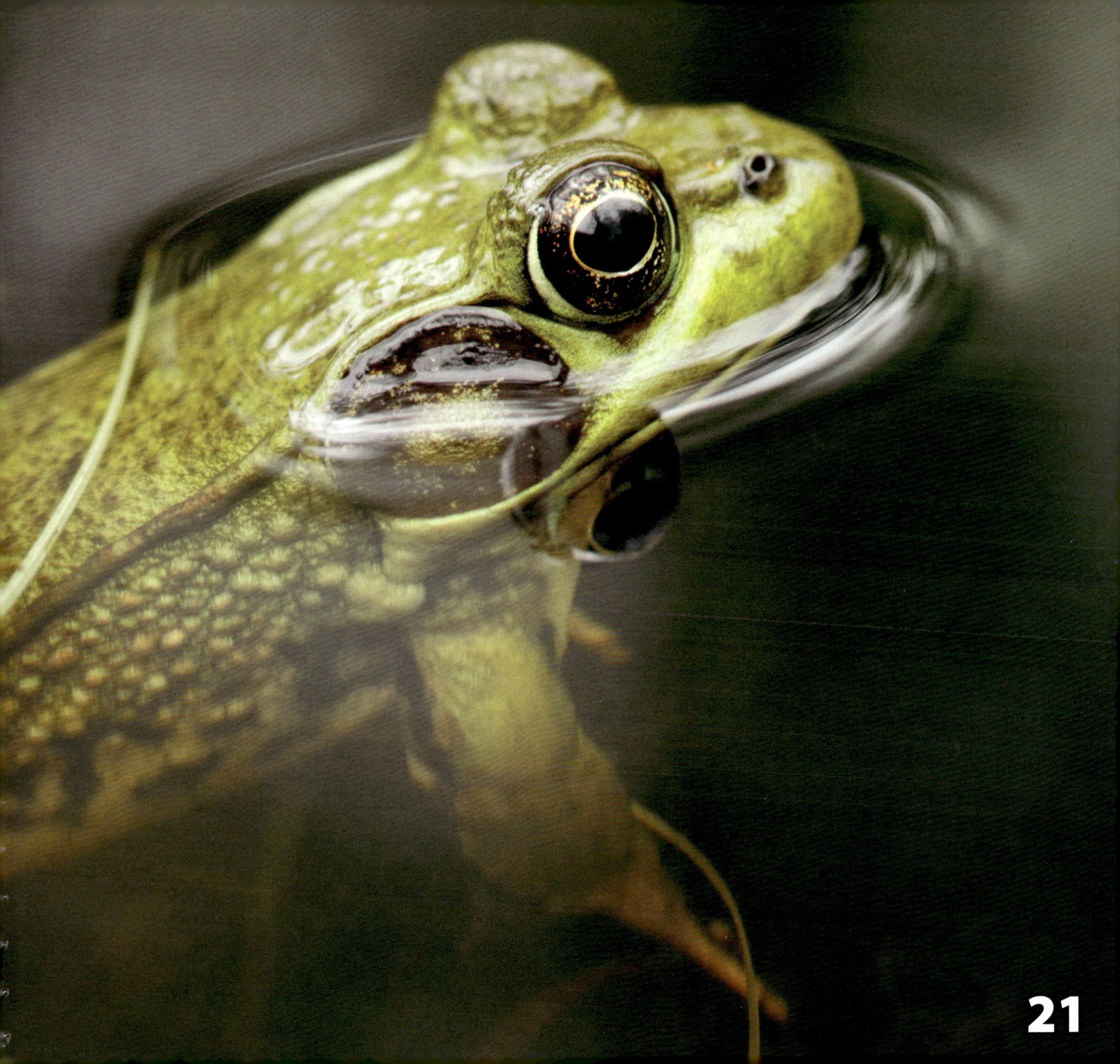

# RANAS EN NÚMEROS

Las ranas vienen en todo tipo de **colores**.

Los renacuajos parecen más **peces** que **ranas**.

Muchas ranas pueden saltar **20** veces su propia altura.

**Las ranas no beben agua.** Ellas absorben agua a través de su piel.

**Las ranas duermen con los ojos abiertos.**

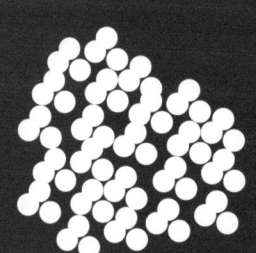

Algunas ranas pueden poner hasta **20,000** huevos a la vez.

**1 MILLA**

El llamado de una rana se puede escuchar hasta a **1 milla** de distancia. (1.6 kilómetros)

**23**

**Mira**
El contenido de video da vida a cada página.

**Navega**
Las miniaturas simplifican la navegación.

**Lee**
Sigue el texto en la pantalla.

**Escucha**
Escucha cada página leída en voz alta.

Yo soy un león.

Ve a www.eyediscover.com e ingresa el código único de este libro.

**CÓDIGO DEL LIBRO**

AVC73799